मुसाफ़िर

सफर की दास्ताँ

Vinti Aggarwal

FanatiXx Publication
ISO 9001:2015 CERTIFIED

FanatiXx Publication
AM/56, Basanti Colony, Rourkela 769012, Odisha
ISO 9001:2015 CERTIFIED
Website: www.fanatixx.in

"मुसाफ़िर"

By: विनती अग्रवाल

Collection of Hindi & English Poems 1st edition

ISBN: 978-81-944676-0-1

Book Formatting: Saizal Gupta

Cover Design: Sagar Samal

Illustrations: Vinti Aggarwal

Disclaimer

This is a work of fiction. Names, characters, places, and incidents are either the product of author's imagination or are used fictitiously and any resemblance to any actual person, living or dead, events or locales is entirely coincidental.

Acknowledgement

I would like to dedicate my first multilanguage poetry book to the ones who've always encouraged me and have been there, standing right behind, trying to understand my dreams and passions. If not for them, I wouldn't be a poet and an architect - My Parents (Because world begins from you two: Mom & Dad). Even though it's not enough, thankyou.

I'm grateful to destiny who made me experience all vivid phases of life which somehow shaped me into a poetess and that made all the difference.

Also, thankful to all the meditation and yoga practices guided by Art of Living that helped me maintain my focus and peace of mind.

Last but not the least, I am thankful to the publisher for helping me out throughout the process.

Author's Note

MUSAFIR-Safar ki Dastan, is all about the phases of life which everyone has gone through once in a lifetime.

This book contains all the ingredients which somehow are sweet and sour at the same time.

So, I'll say this book is not just a series of poems combined together, it's a series of various ups and downs life shows us.

From the struggle of a loving heart, of a regretful heart, of a missing heart to a blind person's heart and many more is what this book contains. It's a roller coaster ride consisting of so many experiences; like that of new office and it's feel on entering into new zones out of your comfort areas, in the poem:

"क्योंकि ख़ुश महसूस करती हूँ,
नए चेहरों से मिलकर,
आओ तो फिर देखे इस सफर को साथ चलकर।"

And then experiences of those whom we call as 'Blind'.
People who see world from their heart instead of eyes,

whenever you talk about tough life, do think about them, you'll feel blessed enough, in the poem:

"कुछ है जो पूरी उम्र,
बिन रोशनी भी जी जाते है,
और हम अपने दुखों को बड़ा कहते है।"

Also, experiences of deep friendships, experiences of deep love, wonderful experiences of being lost between nature and discovering your inner self (kosi AOL ashram), in the poem:

"अच्छा लगता है"

Experience of the depth of a mother's & father's love in the poem: "माँ & "पापा"

सच है के तू मेरी सहेली है सबसे ख़ास,
मेरे दिल के सारे राज़ है तेरे पास,
सब जानती है तू, मुझे इतना अपना मानती है तू,
यू तो बहुत दोस्त है मेरे,
लेकिन ......
तुझ सा कोई नहीं,
माँ....।

Because more I write about love, lesser it feels every time, I think about yours, Maa..!
And many more experiences and reality checks. I feel we all have been so occupied in our lives that the essence of all

these experiences had been lost somewhere between the hectic lifestyles. We feel less, click more; We express less, post more:

बटोर ली गयी सारी यादें उन तस्वीरों में,
रिश्ता सा बनता गया हर तस्वीर से गहरा,
पिघल रही थी ज़िंदगी मोमबत्ती समान कुछ ऐसे,
वो ख़त्म होने लगी, और मोम बढ़ने लगा,
जिस तरह प्यार रिश्तों का कम होने लगा दिल में,
तस्वीरें बढ़ने लगी....,
मोबाइल की गैलरी में.... ।

Writing this book has been a wonderful journey and compilation was full of nostalgia.
I hope you all would be able to relate to this book with your own life experiences. And lastly all I have left to say is;

ख़ुशियाँ भर दो ज़िंदगी में सबकी ऐसी,
ख़्वाहिश हैं तुम्हारी जीने की जैसी ।

Love,
Vinti Aggarwal

Contents

हिन्दी

English

हिन्दी

तू और तेरी याद

तेरी अक्सर आती याद में,
आज बहुत दिनों बाद फिर से,
वही अकेलेपन से घिरी सी हूँ।
हाँ! आज लगता है कुछ महफ़ूज़ महसूस कर रही हूँ,
तू छोड़कर चला जाएगा एक दिन,
ये भरोसा था या यक़ीन कह ले,
तू बेवफ़ाई समझेगा अगर इसे मेरे इश्क़ की,
तो भी मैं बेवफ़ा बन जाऊँगी तेरी कहानी की,
और जो तू कहेगा दर्द मुझे अपनी ज़िंदगी का,
तो भी मैं मरहम बनने को तैयार बैठी हूँ।
रास्ता तू दिखाता चल बस ये चाहूँ मैं,
तेरे होने को, और तुझमें ही खोने को बस बेक़रार बैठी हूँ,
तू मर्ज़ हैं मेरे दिल का वो,
जिसे कम लिखा करती हूँ आजकल,
तू वो खोया हुआ सुर है मेरी आवाज़ का,
जिसे अक्सर याद कर गुनगुनाया करती हूँ।
इंतज़ार कहूँ तेरा, या कहूँ बेचैनी अपने दिल की तेरे लिए,
मुझे अंधेरे में भी तेरा चेहरा
रोशनी जितना साफ़ दिखता है,
कैसे बयां करूँ,
तू किस क़दर मेरी साँसो में बसता है,

कुछ इस तरह रोज़ाना तेरा नाम मेरे होठों पर सजता है,
और तू मुझे ही सरेआम छुपा के रखता है।
खोलकर देख दिल के परदे, उन बंद दरवाज़ों को,
क्योंकि मालूम है मुझे उसमें मेरा ही नाम बसता है।

कुछ अधूरी यादें

और कुछ इस क़दर,
मैंने तुझको खो दिया।

कैसे बयां करूँ तेरे प्यार की दास्ताँ,
मैं नहीं जानती,
क्योंकि तुझसे ज़्यादा ख़ास मैं किसी को नहीं मानती,
तेरा वो मिलकर मुझको बिना पलके झपकाए देखना,
कुछ पल रुक कर फिर चुप सा हो जाना,
फिर आता था वो मोड़,
जब दिल खोलकर,
प्यार में भीगे शब्दों को तू मुझपर निसार करता था।

बैठी रहती, ग़ौर से सुनती तेरी हर एक तारीफ़,
मानो मेरे दिल के हर हिस्से को रोशन कर देती थी,
सुंदर हूँ मैं भी बहुत, इस बात पर तेरी,
यकीन कर लेती थी,
मुस्कुरा कर, शर्मा कर, मैं भी जवाब खूब दे देती थी,
फिर एक दिन सूरज तो ढला, चाँद भी आया,
लेकिन तुझे साथ ना लाया,
और कुछ इस क़दर,
मैंने तुझको खो दिया।

मरहम कहूँ, या जादू तेरा,
हर तकलीफ़ को मेरी मानो गायब सा कर देता था,
हाथ पकड़ कर तू मेरा बस, बिन सोचे यूँहीं चल देता था,
खुशबू को मेरी जैसे तूने सभांलकर रखा था अपने पास,
जाने कैसे हो जाता था तूझे मेरे आने का आगाज़,
मेरे लहराते बालों की उलझनों की सुलझन सा था तू,
मेरे दिल के हर ज़ख़्म की दवा था तू।

याद कर के तेरे साथ अपनी वो बेक़ाबू हँसी,
आज भी हँस देती हूँ,
कैसे कहूँ के तुझे याद करके कितना रोती हूँ,
तेरा वो मेरे लिए बिन बताए तोहफ़े लाना,
मेरी ही गलती पर मुझे मनाना,
ख़्वाहिश हो बड़ी या हो छोटी,
मेरी आँखों में टिमटिमाते हर सपने को जानता था तू,
जान तो कम है, मुझे अपना रब मानता था तू,
खड़ी रही भरे बाज़ार में, इंतज़ार में,
मीलों तक चली, तुझ तक कोई राह नहीं पहुँची,
और कुछ इस क़दर,
मैंने तुझको खो दिया।

कुछ पलों के लिए ही सही,
ख़्वाहिशें पूरी हुई सारी दिल की,
तू कौन था, या कौन है मेरा,

जानता नहीं दिल इस मुश्किल सवाल का जवाब,
लेकिन धड़कने तेज़ हो जाती है तेरे चेहरे को देखकर,
मेरी ख़ामोशी बातें करने लगती है तेरे सिरहाने बैठकर,
तू रूह में बसता है अब मेरी कुछ इस क़दर,
के तेरा ना होना भी अब मुझे मंज़ूर है।

तेरी यादों को कुछ इस क़दर समेटकर रखा है मैंने,
ज़िंदगी भर जी सकती हूँ सिर्फ़ उनके सहारे,
इस क़दर हुए हैं क्योंकि हम तुम्हारे,
बस है नसीब और हाथों की लकीरों के मारे,
ख़बर थी मुझे, तेरे कदमों के निशान भी देखे थे,
यकीन नहीं था तू ऐसे चला जाएगा,
तभी रोक ना पायी, आस लगाकर खड़ी रही,
और कुछ इस क़दर,
मैंने तुझको खो दिया।

माँ

गहराईयों में डूब जाना चाहूँ, तेरी बातों की, मैं,
सुकून पाना चाहूँ तेरी बाँहों का मैं।

जानती हूँ, तू मौत से भी लड़ लेगी मेरे लिए,
जान से ज़्यादा ख़ास हूँ तेरे लिए।

अंधेरे से घिरे मेरे दिल के हिस्सों को रोशन किया,
खाली पड़ी मेरी किताब को तूने ही पूरा किया।

जितना लिखती रही तेरे प्यार के बारे में,
उतना ही कम पड़ता रहा,
हर लफ़्ज़ दिल से निकलता रहा,
कलम कुछ इस कदर मेरा चलता रहा,
माँ... ।

पापा

जब भी सोचूँ उन्हें जिन्हें प्यार के सिवा कुछ नहीं आता,
जब भी सोचूँ उन्हें जो मेरे लिए बस बालती भर ख़ुशियाँ ही लाता,
जब भी सोचूँ उन्हें जिनका मेरे बचपन से हैं ऐसा नाता,
जब भी सोचूँ उन्हें जो मुझे देखकर ही अपना खाना हैं खाता,
बस वही हैं जो दुनिया के हर बच्चे के मुँह से पापा हैं कहलाता।

जश्न दिल की जीत का

क्योंकि अब इंतज़ार उसे तेरा नहीं,
तालियों की गूँज का रहता है।

हज़ारों लोगों से सजी, मेहनत से बनी,
हौंसलों से इकट्ठी, जज़्बों से सिमटी,
होगी एक शाम ऐसी भी,
खुलकर बोलेगी, हाँ, दिल आज खुलकर वो खोलेगी,
अब और ना खुदको वो भूलेगी,
मिले तारीफ़े या मिले उसे ख़ामोशी भीड में,
अब बिना किसी शिकन माथे पर, सब कुछ वो ले लेगी,
क्योंकि अब इंतज़ार उसे तेरा नहीं,
तालियों की गूँज का रहता है।

वक़्त हुआ काफ़ी अब, बंध के जी कर,
तेरी इच्छाओं की दहलीज़ को लांघकर,
थक गयी अब बहुत, यूँहीं बेमतलब का चल-चल कर,
तोड़कर बेड़ियाँ इस एक तरफ़ा कोशिश की,
क़दम बढ़ाएगी आगे, सब बीता हुआ भूल कर,
कौन कहता है उसे दुःख नहीं होगा,
लेकिन हाँ, ये सच है के,

दिल को मरोड़ता, कुचलता अब कोई ग़म नहीं होगा,
क्योंकि अब इंतज़ार उसे तेरा नहीं,
तालियों की गूँज का रहता है।

इस मचलते दिल को अब सिर्फ़ सफर की तलाश है,
चाह कुछ पाने की है, तलब अब हमसफ़र की नहीं,
क्योंकि अब इंतज़ार उसे तेरा नहीं,
तालियों की गूँज का रहता है।

ज़िंदगी सिखाती, बहती चल

जल सी बहती है ज़िंदगी,
कुछ ऐसी सी है ज़िंदगी।

बीते पल वापस नहीं आते,
सुख दुःख दोनों ही हमेशा नहीं रहते,
समेट लो सब घेरे में मन के,
निकलोगे फिर खूब मजबूत बन के,
गहराई देख लेना उन आँसुओं की,
बहते है दुःख की घड़ी में जो,
सच्चाई देख लेना उस हँसी की,
होती है खुशी के जश्न में जो,
चलते जाना, याद करते जाना,
और फिर?
फिर, कहते जाना,
जल सी बहती है ज़िंदगी,
कुछ ऐसी सी है ज़िंदगी।

ख़्वाबों में जो भी देखो, अपना उसे समझना,
बारे में जिसके भी सोचो, अच्छा ही सोचना,
नज़ारा हो अच्छा या हो बुरा,
मेरे दोस्त तुम्हें उस में नहीं है फँसना,
कोई दिल दुखाए अगर तुम्हारा,

गले लगाकर, बन जाना उसका सहारा,
उसे भी ज़िंदगी ने ही है थोड़ा मारा,
प्यार दे जो, रखकर उसको अपने पास,
ना भूलना उसे महसूस कराना बहुत ही ख़ास,
प्यार को अपनाना, बाकी सब भूल जाना,
चलते जाना, याद करते जाना,
और फिर?
फिर, कहते जाना,
जल सी बहती है ज़िंदगी,
कुछ ऐसी सी है ज़िंदगी।

छोटी सी ज़िंदगी में ना रहना दुखी हरदम,
याद रखना दोनो है ज़रूरी, सुख हो या हो ग़म,
बिन दुःख होती ना खुशी महसूस,
हँसने में ना कभी रहना तू कंजूस,
बिन माँगे रब देता रहेगा जब तू मुस्कुराएगा,
कोई दुःख ज़्यादा देर तुझे ना फिर घेर पाएगा,
बस इतनी सी बात जीते जी समझ जाना,
चलते जाना, याद करते जाना,
और फिर?
फिर, कहते जाना,
जल सी बहती है ज़िंदगी,
कुछ ऐसी सी है ज़िंदगी।

बेरंग दुनिया के रंगीन दिल

कुछ है जो पूरी उम्र,
बिन रोशनी भी जी जाते है,
और हम अपने दुखों को बड़ा कहते है।

दिल कुछ ऐसा घबराया देख के उन्हें,
भीड़ से लड़ते, संभलते गिरते,
लड़खड़ाते, मौत से हर रोज़ जीतते,
सफर अपना ऐसे तय करके,
चल पड़ते है बस यूँहीं,
आँखों में अँधेरा लिए,
दिल में प्यार का भंडार समेटे,
कुछ है जो पूरी उम्र,
बिन रोशनी भी जी जाते है,
और हम अपने दुखों को बड़ा कहते है।

ना सफ़ेद पसंद, ना लाल,
हर रंग सिर्फ़ है काला,
जिनसे भी पूछा रास्ता, सब ने क्यों है उन्हें टाला,
माँगे वो क्या कम, या ज़्यादा,
छू कर महसूस करते है,
हाँ, सपने उनकी भी आँखों में पलते है।

हर दिन बिना किसी डर,
वो कदम से कदम मिलाकर चलते है,
आँखों पर चश्मा, हाथ में लिए छड़ी,
राह बनाते है मौत को गले लगाए हर घड़ी,
कुछ पलों की इस रंगीन दुनिया में,
बेरंग वो हर रोज उड़ान भरते हैं,
कुछ है जो पूरी उम्र,
बिन रोशनी भी जी जाते है,
और हम अपने दुखों को बड़ा कहते है।

सहारा लेकर पूरी जिंदगी,
जीनी होती हैं उन्हें,
दिल मेरा खूब रोता है देखकर इन्हें,
बिन आँखें भी रह जाते है,
जो भी आए जिंदगी में सह जाते है,
सोचूँ यही हर पल,
कुछ है जो पूरी उम्र,
बिन रोशनी भी जी जाते है,
और हम अपने दुखों को बड़ा कहते है।

इंकार

कौन कहता है मुझे तुमसे प्यार चाहिए,
मुझे तो अपने हिस्से का बस इंकार चाहिए।

बचपन की वो गहरी बातों का जवाब,
ढूँढना चाहती हूँ,
समेटकर सारा दुःख बाँहों में,
मरहम मैं खोजना चाहती हूँ,
ज़ख़्मी दिल को गोद में लेकर,
कुछ पल सहलाना चाहती हूँ,
ज़िंदगी भर का वादा नहीं,
कुछ पलों का सुकून चाहिए,
कौन कहता है मुझे तुमसे प्यार चाहिए,
मुझे तो अपने हिस्से का बस इंकार चाहिए।

थक गयी चलकर अनजाने रास्तों पर,
रुक कर इन राहों में थोड़ा आराम चाहती हूँ,
बे लगाम इस चंचल दिल को थाम कर,
रूह से अपनी मुलाक़ात चाहती हूँ,
बुनती रही सपनों का आशियाना तेरे नाम का,
झूठे ख़्वाब अब तोड़ना चाहती हूँ,
भ्रम में बहुत जी ली इतने दिनों तक,
सच्चाई को गले लगाना चाहती हूँ,

थोड़ा नहीं अब खुद से ज़्यादा लगाव चाहिए,
कौन कहता है मुझे तुमसे प्यार चाहिए,
मुझे तो अपने हिस्से का बस इंकार चाहिए।

मेरी इस छोटी सी दुनिया को,
सपनों से सजाना चाहती हूँ,
भूल गई थी यादें जो,
उनको याद करके हँसना चाहती हूँ,
बहुत दिया अपना क़ीमती वक़्त तुम्हें,
अब अपनों को अपनाना चाहती हूँ,
छुपा कर रखा इतना कुछ दिल में आजतक,
सब बताना चाहती हूँ,
तुझे ना देखने का अब कोई पक्का बहाना चाहती हूँ,
तारों में ढूँढती रही तेरे चेहरे को,
किसी के अंधेरो की रोशनी बनना चाहती हूँ,
बस एक सच्चा जीवन साथी चाहिए,
कौन कहता है मुझे तुमसे प्यार चाहिए,
मुझे तो अपने हिस्से का बस इंकार चाहिए।

सर्दी, गरमी, पतझड़, सारे मौसम पड़े फीके,
हर त्योहार खुलकर मनाना चाहती हूँ,
इंतज़ार बहुत किया तेरा,
सूने पड़े इस दिल को अब अपना बनाना चाहती हूँ,
तेरी मनमानी, कठोरता, बेरुख़ी भूलकर,

तुझे छोड़कर आगे बढ़ना चाहती हूँ,
बहुत हुई दुखी तेरे साथ,
अब ख़ुशी का तराना चाहती हूँ,
ना पूछना चाहती हूँ, ना जवाब चाहती हूँ,
तुझसे बस दूर जाना चाहती हूँ,
ना इज़हार चाहिए, ना इक़रार चाहिए,
कौन कहता है मुझे तुमसे प्यार चाहिए,
मुझे तो अपने हिस्से का बस इंकार चाहिए।

कुछ अनकही बातें

एक बात है जो मैं तुम से कहना चाहती हूँ,
मैं तुम्हें भूलना चाहती हूँ,
अब सब भूलकर खुद को ढूँढना चाहती हूँ,
मर तो खूब ली तेरे ग़म में,
अब कुछ पल जीना चाहती हूँ,
रो के आँखों को सूजा तो बहुत लिया,
अब दिल खोलकर हँसना चाहती हूँ,
थक गयी चलते-चलते, कुछ वक़्त अब ठहरना चाहती हूँ,
सी लिए होंठ काफ़ी समय हुआ,
अब खुलकर बोलना चाहती हूँ,
एक बात है जो मैं तुम से कहना चाहती हूँ,
मैं तुम्हें भूलना चाहती हूँ।

तेरे संग जी लिया, अब तनहा रहना चाहती हूँ,
ख़ामोशी में सुकून को गले लगाकर, सोना चाहती हूँ,
कुछ पल ही सही, अपने आपको देना चाहती हूँ,
अंधेरो में रोशनी भर कर देखना चाहती हूँ,

बहुत दोस्त बना लिए, अब खुद से दोस्ती करना चाहती हूँ,
चोट खाती रही आज तक, मरहम अब लगाना चाहती हूँ,
समेटकर सारे मोती, सपनों की माला बनाना चाहती हूँ,

दुखों को भूलकर, सुखों से प्यार करना चाहती हूँ,
अनजान बनी रही बहुत,
दिल की आवाज़ को अपनी अब गहराई से सुनना चाहती हूँ,
क्योंकि,
एक बात है जो मैं तुम से कहना चाहती हूँ,
मैं तुम्हें भूलना चाहती हूँ।

एक दोस्त ऐसा भी

चंद पलों में सिमट गए कुछ लोग ऐसे,
घुल ज़ाती है दही में चीनी जैसे,
क्या कहूँ, जैसे बस सब सपना सा हो गया,
सोचूँ मैं, कैसे तू इतना अपना सा हो गया,
पल भर की मुलाक़ातों ने ही जोड़े ऐसे रिश्ते,
ना रहा शहर, ना रहा कुछ और बाकी,
कहाँ है ऐसे प्यारे लोग मिलते,
ऐसे दिलों में बस फूल ही फूल है खिलते।

तेरी मुस्कुराहट में सच्चाई सी है,
चेहरे की वो मासूमियत, वो चमक,
क्या कहूँ तू है भगवान की फ़ुर्सत से बनाई हुई एक मुहरत,
हँसते-हँसते सब कुछ सह जाता है,
जानती हूँ मैं, तुझे हर अपना याद आता है,
सोचूँ मैं हर दम तुझे देखकर,
कहाँ है ऐसे प्यारे लोग मिलते,
ऐसे दिलों में बस फूल ही फूल है खिलते।

माँ की आँखों का तारा, पापा का दुलारा है तू,
खाने का शोकीन, दिल से बच्चा सा है तू,
समझदार भी, नटखट भी है तू,

बड़े ख़्वाब पलते है तेरी आँखों में,
प्यार ही प्यार है तेरी सारी बातों में,
सोचूँ मैं हर दम तुझे देखकर,
कहाँ है ऐसे प्यारे लोग मिलते,
ऐसे दिलों में बस फूल ही फूल है खिलते।

रिश्ते दिल के

सोचती थी बचपन से,
शादी होगी मेरी भी ऐसी एक,
धूम धाम से सजेंगे मेरे सपने, थे जो अनेक,
माँ-पापा कन्यादान करेंगे,
खुशियों से झोली मेरी भरेंगे,
पापा का प्यार मुझे समेटना होगा डोली में,
माँ का दुलार संजों लेना होगा गोदी में,
देखकर माँ जाते हुए मुझे रोएगी,
विदा कर मुझे लेकिन, चैन से अब सोएगी,
कोई रह जाएगा, कोई चला जाएगा,
लेकिन ना बदलेंगे ये,
रिश्ते दिल के।

सोचती थी बचपन से,
नया संसार मिलेगा,
किस ने कहा, कुछ छूटेगा,
अब तो मुझे दो -दो माँ बाप का प्यार मिलेगा,
एक पापा ने बीज बोया,
दूसरे पापा बीज को पानी देंगे,
कुछ इस तरह दिल में अपने मुझे बसा के,

बहु नहीं, अपनी बेटी मुझे बना लेंगे,
मेरे सब सपनों को अपना लेंगे,
एक परिवार ने पैदा किया, मेहनत से बड़ा किया,
दूसरा हाथ पकड़ कर मुझे आगे ले जाएगा,
गलतियों को मेरी भूलकर, गले मुझे लगाएगा,
जो भी ना आए करना, तसल्ली से समझाएगा,
बेटी बनाकर मुझे वो अपनाएगा,
कोई पुराना हो जाएगा, कोई नया हो जाएगा,
लेकिन ना बदलेंगे ये,
रिश्ते दिल के।

कुछ अजीब सी दास्ताँ है ये,
लेकिन सच है के एक वरदान है ये,
एक से दो हो जाता है सब कुछ,
घर भी दो, माँ बाप भी दो,
बस ऐसा एक हमसफ़र हो,
ज़िंदगी की डगर उसके संग ले चलो,
क्योंकि ....
कोई सह जाएगा, कोई कह जाएगा,
लेकिन ना बदलेंगे ये,
रिश्ते दिल के।

बंधन

तुम मेरे होके भी मेरे नहीं,
इंतज़ार करती हूँ।

आँखों से आँखें मिली और दीदार हो गया,
सच था ये के हमें प्यार हो गया,
सब मिल गया मुझे, जब तू मेरा यार हो गया,
अब हर सपना मेरा साकार हो गया,
लेकिन,
तुम मेरे होके भी मेरे नहीं,
इंतज़ार करती हूँ।

पलकों पर तुमको सजाया करते,
तुम्हारे आने की रहा तकते,
खुद को तोड़कर बाकी सबको साथ रखते,
बस तुम्हें पाने की इच्छा को हम सजाते,
लेकिन,
तुम मेरे होके भी मेरे नहीं,
इंतज़ार करती हूँ।

रिश्तों ने ही क्यों दूर किया हमारी जोड़ी को,
कैसे साफ़ करेंगे हम ऐसी रोड़ी को,

सोचते बंधन जोड़ेंगे एक दिन जब,
लाएँगे तुमको वो लोग घोड़ी पर तब,
लेकिन,
तुम मेरे होके भी मेरे नहीं,
इंतज़ार करती हूँ।

पूरे होंगे दो अधूरे लोग, खिलेंगे फूल ऐसे,
जल्द ही तुम हम मिलकर, घर एक सजाएँगे साथ,
बस यही है मेरे दिल की आस,
बस तुम रहना मेरे पास, तुम हो बहुत ही खास,
लेकिन,
तुम मेरे होके भी मेरे नहीं,
इंतज़ार करती हूँ।

दर्द की चीख़

दर्द घेरता रहा मुझे कुछ इस तरह,
मैं चीख़ती रही और वो...
वो गया नहीं।

रात के अंधेरे में बिन बात यूँहीं जागकर बातें करना तेरा,
कुछ ही पल में मेरे ख़ाली पेट को,
अपने स्वादिष्ट खाने से भर देना तेरा,
घर पहुँच कर तुझे हर तरफ ढूँढना मेरा,
सोचा मैंने हमेशा यही के तू ज़िंदगी भर का साथ है मेरा,
तुझे जाते देख,
दर्द घेरता रहा मुझे कुछ इस तरह,
मैं चीख़ती रही और वो...
वो गया नहीं।

तेरे शीशे के सामने खड़े होकर बालों को सवारना,
हर छोटी से बड़ी चीज़ को अच्छी तरह से सजाना,
याद करूँ मैं, कैसे चाहती थी तू मुझे हर पल सुधारना,
सिखा जाती काश तू मुझे भी मकान को घर बनाना,
ना लौटकर कुछ पलों के लिए फिर से आने के लिए,
तुझे बहाने बनाते देख,
दर्द घेरता रहा मुझे कुछ इस तरह,

मैं चीख़ती रही और वो...
वो गया नहीं।

ऐ बहन,
मैं नदानी करती रही,
सोचती रही, तू ज़िंदगी भर का साथ है मेरा,
तुझे जाते देख,
दर्द घेरता रहा मुझे कुछ इस तरह,
मैं चीख़ती रही और वो...
वो गया नहीं।

मुझमें मैं

क्या कहूँ मैं,
बस ऐसा ही हूँ।

चमकते, खिलखिलाते हुए उसके चेहरे में,
हर पल खुद को मैं ढूँढती,
आँखें मेरी उसको ही हर जगह खोजती,
कहता है हर दम मुझसे,
जब भी मिले है वो,
अधूरी तेरी बातों को पूरा कर देता हूँ,
पलकों पर तेरी सपनों सा सजता हूँ,
मालूम है पूरा नहीं, अभी कुछ अधूरा हूँ,
और क्या कहूँ मैं,
बस ऐसा ही हूँ।

दुख का जब साया मुझ पर है छाए,
समझ ना और कुछ जब भी मुझ को आए,
क्या कहूँ कितनी वो खुशियाँ मेरी ज़िंदगी में लाए,
कहता है हर दम मुझसे,
जब भी मिले है वो,
तेरी हर मोती जैसे आँसू को मैं अपना बना लूँगा,
तेरे हर ग़म को मैं समेटकर रख लूँगा अपने पास,

कैसे समझाऊँ तुझे, तू इंसान है कितनी ख़ास,
मालूम है पूरा नहीं, अभी कुछ अधूरा हूँ,
और क्या कहूँ मैं,
बस ऐसा ही हूँ ।

आसमान में जितने तारे, उतने हो तुम हमारे,
जीते है हम तुम्हें, लेकिन दिल भी है तुम पर हारे,
तेरी उन हँसी भरी बातों में डूब जाती हूँ मैं,
तेरी मुस्कुराहट में कुछ ऐसे खो जाती हूँ मैं,
कहता है हर दम मुझसे,
जब भी मिले है वो,
डर को ख़त्म कर दे, मैं आ गया हूँ,
तेरी रूह में मिलकर कुछ ऐसे छा गया हूँ,
तू मेरी है कुछ इस क़दर अब,
चोट तुझे लगे है, महसूस मैं करता हूँ,
मालूम है पूरा नहीं, अभी कुछ अधूरा हूँ,
और क्या कहूँ मैं,
बस ऐसा ही हूँ।

वो सहेली

पलकों पर ढेर सारे सपने लिए,
आँखों में छू जाने वाली गहराई समेटे,
भर देती है वो खुशियाँ, जहाँ भी वो देखे,
चलती है वो हमेशा सब को साथ लेके,
आसमान में आज़ाद पंछी सी है वो,
कुछ ख़ास, कुछ अपनी सी है वो।

मिले वो ऐसे, सब को गले लगाकर,
ग़म और खुशी, दोनों को अपना बनाकर,
हँसे वो दिल में ढेर सारा प्यार समाकर,
गुरु की बेटी, गुरु का गुरूर है वो,
तितली सी खिलखिलाती, पहाड़ों की ठंडी हवा सी है वो,
कुछ ख़ास, कुछ अपनी सी है वो।

सोचती हर पल कितना कुछ सबको देदूँ,
जहाँ मैं जाऊँ, हर तरफ उनको मैं ढूँढू,
समुद्र सी बहती, बेफ़िक्र सी झील है वो,
बुलंद हौसलों से चलती, हाँ एक मिसाल है वो,

मुसीबतों से लड़ती, फ़ौजी सी तैयार है वो,
कुछ ख़ास, कुछ अपनी सी है वो।

वक़्त की चाह

ऐ वक़्त थोड़ा ही सही,
कुछ और पल ठहर जा।

कानो में गूँजती, चींख तेरी,
तू कहता रहा, मैं सुनती रही,
हर शब्द दिल को चीरता गुज़रता रहा,
मैं सिमटी रही, आसमान बरसता रहा,
और वो?
वो कहता रहा, उसे वक़्त की चाह है।
ऐ वक़्त थोड़ा ही सही,
कुछ और पल ठहर जा।

टूटते रहे सारे अरमान कुछ इस क़दर,
बनी आँसुओं की बहती हुई एक लहर,
रब से पूछे वो, क्यों ढाया ऐसा क़हर,
हर टुकडे में दर्द दिखता रहा,
और वो?
वो कहता रहा, उसे वक़्त की चाह है।
ऐ वक़्त थोड़ा ही सही,
कुछ और पल ठहर जा।

रोशनी फिर होगी उसके आँगन में,
फूल खिलते है कीचड़ में,
अंधेरे में उजाला एक आएगा,
सब दुःख सीने से समेट कर ले जाएगा,
रब का तोहफ़ा जल्द ही ज़िन्दगी में तेरी खुशियाँ लाएगा,
और वो?
बहुत पछताएगा, क्योंकि...
वो कहता रहा, उसे वक़्त की चाह है।
ऐ वक़्त थोड़ा ही सही,
कुछ और पल ठहर जा।

याद करती हूँ आज भी

रंगीन होगी दुनिया ऐसी भी एक,
सोचा करती, जब भी देखती वो सपने अनेक।
घोड़े पर सवार हो कर, कृष्ण सा तैयार हो कर,
तेरा दुल्हा आएगा।
कहा करते थे वो लोग,
याद करती हूँ आज भी।

खुशियों से भरी, उम्मीदों से सजी ,
डोली तुम तैयार रखना।
सुकून की ज़िंदगी, अपनेपन से बनी,
गहरे रिश्तों में हो ढली,
सिर्फ़ इस बात का ख़्याल रखना।
कहा करते थे वो लोग,
याद करती हूँ आज भी।

सपनों का राजकुमार, माँ बाप का चुना हुआ संसार,
अनगिनत वादों के संग, रखा हमेशा उसे दिल के पास,
हर हाँ में हाँ कहकर, हर ना में ना क़बूल करके ही,
क्या थी वो ख़ास?
बेटी समाज से बनी हुई दुनिया से दूर ना जाना,
अपने हर अरमान को चाहे तुम भूल जाना,

कहा करते थे वो लोग,
याद करती हूँ आज भी।

बीमार पड़ी माँ जब भी, कूछ पिली सी पढ़ जाती थी,
सिर्फ़ बेटी ही तब उन्हें नज़र आती थी,
फिर ना वो समाज की बातें, उस वक़्त कानों में गुनगुनाती थी,
जाति में तुम ढूँढ़ लाना, वरना यहाँ ना तुम्हारा होगा कोई ठिकाना,
घर की उस आस लगाए बैठी, चौखट को तुम बस भूल जाना,
हमारा तुम्हारा रिशता, सब होगा फिर पुराना,
फिर इस गली ना तुम कभी आना,
कहा करते थे वो लोग,
याद करती हूँ आज भी।

रिश्तों की उलझी हुई ये डोर, कुचलती है जातियों के दम से,
ऐसी कौन सी भूल हुई, पुछे ये हर बच्चा रब से,
एक ही खून से बने इस संसार को कैसे सब ने जाति से तोड़ा,
कैसे बन जाता है वो, जान से प्यारा,
दिल का टुकड़ा, इज़्ज़त में माँ बाप का एक रोढा।
यही लफ़्ज़ है सुने जब बचपन से,
"मज़हब नहीं सिखाता आपस में बैर रखना,
हिन्दी हैं हम, वतन है हिन्दुस्तान हमारा।"
पूछता है दिल हर दम, झूठी है दुनिया,
या झूठे है ये बोल,

लेकिन ये सच है कि झूठ
कहा करते थे वो लोग,
याद करती हूँ आज भी।

अच्छा लगता है

सूरज की किरणें जब चेहरे पर गिरकर
सब रोशन कर जाती है,
ठंडी-ठंडी हवाएँ उलझे हुए बालों को
चीरती जब छूकर निकल जाती है,
अच्छा लगता है....

बारिश की बूँदे गिरकर मिट्टी में
जब खुशबू भर देती है,
पेड़ों की वो बिखरी हुई डालियाँ
जब और घनी होने लगती है,
अच्छा लगता है....

बारिश के पानी से बना हुआ वो अधूरा तालाब,
बाग़ में अनगिनत खिले हुए गुलाब,
अच्छा लगता है....

रंग बिरंगे महकते हुए बेजान बेज़ुबाँ फूल,
मैदान में चादर सी बिछी हुई हरियाली,
अच्छा लगता है....

भीड़ के बीच होते हुए भी अकेले चलना,
कुछ ना कहकर भी हज़ारों बातें का दिमाग़ से गुज़रना,
अच्छा लगता है....

भीड़ में ये ख़ामोशी, ये अकेलापन,
बिना किसी वादे अपने आपसे ये अपनापन,
अच्छा लगता है....

चलते-चलते बिन बात यूँहीं रुक जाना,
बिन जहाज़ ये हवाई उड़ान लेना,
अच्छा लगता है....

अनजानी सी गहराईयों में डूब जाना,
बिन बात बस यूँहीं मुस्कुराना,
खुद को याद रखकर, बाकी सब भूल जाना ,
अच्छा लगता है....

कुछ कदम चलकर सुकून से बैठना,
विशाल पेड़ों के बीच घिरे छोटे से मंदिर को देखना,
अच्छा लगता है....

गीली नरम मिट्टी पर नंगे पैर चलना,
खुद का खुद की आत्मा से मिलना-जुलना,

अच्छा लगता है....

खुले आसमान के नीचे, फैली ज़मीन पर चलना,
हज़ारों की तादाद से भरी दुनिया को अपना आशियाना बना लेना,
अच्छा लगता है....

दिल को बस ये गहराई महसूस हो जाना,
अच्छा लगता है....

तुझमें मैं

फूलों को महकता देखा है क्या तुमने?
आसमान में तारो को चमकता देखा है क्या तुमने?
बारिश में बूँदो को गिरते देखा है क्या तुमने?
सूरज की रोशिनी से रोशन होते जहां को देखा है क्या तुमने?
हमारे चेहरे की बेवजह मुस्कान को देखा है क्या तुमने?

सच तो ये है, तुम्हें देखकर,
बस इतना ही कह पाते है,
हम सब भूल जाते है,
के तुझ में खुद को पाते हैं।

ख़्वाबों को सजते हुए देखा है क्या तुमने?
सपनों को सच होते हुए देखा है क्या तुमने?
समुद्र में बूँदों को बहते देखा है क्या तुमने?
झरने को धीमे-धीमे गिरते देखा है क्या तुमने?
हमारे लिखे शब्दों की गहराई को कभी मापा है क्या तुमने?

सच तो ये है, तुम्हें पाकर,
हम सब भूल जाते है,
दिल का हाल ना सुना पाते है,
बस तुझमें मिलकर पूरे हो जाते है।

सिर्फ़ यही है जो किसी से ना कह पाते है,
तू थोड़ा भी रूठे तो सहम जाते है,
तेरे होने से ही,
पंख लगाकर हर रोज उड़ना हम चाहते है।

इंतज़ार

तारों की चादर के नीचे हम भी साथ होंगे एक दिन,
कैसे कहे कितने अधूरे है हम एक दूजे के बिन ।

खुदा ने बनाई एक ऐसी जोड़ी,
उस में कोई कसर ना छोड़ी ।

कहती है दुनिया, मिलन है मुश्किल हमारा,
दिल है के आज तक ये नहीं हारा,
जो मेरा, वो सब कुछ है तुम्हारा,
आख़िर जन्म- जन्म का साथ है हमारा ।

कहते है मम्मी-पापा मुझसे हर दम,
ना है उसमें कुछ भी कम,
हो जाते है पूरे हम एक दूसरे के संग,
देखने होंगे ज़िंदगी के सारे रंग ।

ख़फ़ा हो जाए लोग कुछ हमसे,
ना चाहे ऐसा हम हो कभी कसम से ।
हमारा वक़्त भी आएगा,
खुशियाँ बहुत सारी वो लाएगा ।

मिल जाएँगे हम भी कुछ इस क़दर,
जैसे बूँदें मिलकर बनता है समुद्र,
तू मेरे दिल का वो हिस्सा है,
हर दम मेरे लबों पर रहता, वो किस्सा है।

नए चेहरे

क्योंकि खुश महसूस करती हूँ,
नए चेहरों से मिलकर,
आओ तो फिर देखे इस सफर को साथ चलकर।

गुफ़्तगू करता दिल तेज़ गति से भागता हुआ,
हाँ वक़्त लगा कुछ ठहरने में इसको,
लेकिन जो भी हुआ अच्छा ही हुआ।

सालों बाद था ये मेरा शटल बस का सफर,
खिड़की से आती वो ठंडी, गहरी सी हवाएँ,
मानो छूकर मुझ से लिपट कर कुछ कहना चाहती हो,
भीड़ को काटती वो बस की तेज़ रफ़्तार,
दिल की सारी ख़्वाहिशें जैसे पूरी होना चाहती हो,
मीलों फैले ये रास्ते, कुछ नरम से, बिना गड्ढे के,
कुछ पथरीले, अनगिनत फूल पेड़ों पर है झूले,
हर एक दृश्य को आखें जैसे कैद कर लेना चाहती हो।

छोड़कर पुराने रास्ते, रखा नए रास्तों पर क़दम,
फिर से करना था भरोसा की है तुझ में वही दम।

था मेरा पहला दिन यहाँ, थे लोग ही लोग, देखा मैंने जहाँ।
रंगीन सा था माहौल कुछ, ख़ुशनुमा सा हर एक चेहरा,

जैसे रिश्ता हो सबका एक दूसरे से कुछ गहरा।
सबके प्यार भरे लफ़्ज़, रहे थे मुझे अपनी और खींच,
सोच रही थी अब साँस लूँगी, ताज़े दिलों के बीच।
ढूँढ़ रही थी यूँही सब में ख़ुद को,
क्योंकि खुश महसूस करती हूँ,
नए चेहरों से मिलकर,
आओ तो फिर देखे इस सफर को साथ चलकर।

एक घर को छोड़कर,
सबने यहाँ एक नई दुनिया बसाई हो जैसे,
मानो,
हर शाम सूरज ढलकर चाँद आकाश में निकलता है वैसे।
किसी में कुछ ख़ूबी, किसी में कुछ ख़ामी,
लेकिन प्यार बांटने का हुनर सबके पास है यहाँ,
तभी सोचूँ जाने क्या ख़ास है यहाँ।
हो काम या, हो किसी का जन्मदिन, एक दूसरे का हाथ है बटांते,
ज़्यादा हो या कम हो वक़्त, ये किसी से नहीं है डरते।
कुछ खुशबू सी है इस माहौल में अपने पन की,
डोर बाँधी है सबने मन से मन की।
ढूँढ़ रही थी यूँहीं ख़ामोशी अपनी इस भीड में,
क्योंकि खुश महसूस करती हूँ,
नए चेहरों से मिलकर,
आओ तो फिर देखे इस सफर को साथ चलकर।

लगता था होगी एक जंग फिर से बनाने की अनजानो को अपना,
मिलकर लगा मानो आयी हूँ फूलों के बगीचे में सैर करने,
देख रही हो आँखें जैसे कोई सपना।
मस्तमौला, मनमौजी से है कुछ यहाँ,
कुछ खिल-खिलाकर हँसते है,
तो कुछ है जो यूँहीं कुछ कहकर हँसाते है,
हर किसी के पास मानो कहने को हज़ारों बातें है।
ढूँढ़ रही थी यूँहीं इस हँसी में अपनी हँसी को,
क्योंकि खुश महसूस करती हूँ,
नए चेहरों से मिलकर,
आओ तो फिर देखे इस सफर को साथ चलकर।

English

Cheer up kid

Sun shines bright every day,
Strokes striking right in the eyes,
wandering here and there.
Nobody knows, who is supposed to go where?
Smile coated with enormous layers,
Flawless still, without any despair.
Cheer up kid!

Waves rise and fall every day,
Droplets merging all together,
Forming one complete sea.
Nobody knows, who is supposed to become what?
Collect all the sorrows, smiles,
In the bucket of life,
Walk with a soft heart;
Carry the strength like that of a knife.
Cheer up kid!

Trees grow wider and taller every day,
Stretch a little more than you can,
Walk, talk, dance, jump,

Slow down, relax, rest,
Come back, raising every single
heartbeat of your ambitious heart.

Nobody knows who is supposed to die when?
Don’t stop, fearlessly roar,
Leaving behind the zones
full of comfort,
Telling yourself every time you feel weak,
Cheer up kid!

Meaningful

Finally, she left her degraded self,
The dream book, the dream world,
The Dream land, the dreamy scenes,
Now happy with only alarming screams.
Fight back,
Fight harder,
Fight intensely,
Take it or leave it.
Full-fledged body, scars of ignorance,
Strength showed the excessive bearance.
Felt choked with smoky love,
Slightly lighter, heavier inside.
Taken, engulfed in, puked outside.
Shaken this time to reveal,
Poor lioness forgot how to roar,
The technique made her happier no more.
High time my child to move on.
Hopes of getting better,
No, but this time the best,
All her wishes will no more stay at rest.

Crushed, bullied,
Suffocated, worthless,
Made to believe, the girl was left to bleed.

Infinite times she did plead.
It was high time she leaves.
Extraordinary life was left to be weaved.

My Shine Belongs to You

And there is a story in each photograph of us together,
As if each of them narrates a love story like never before,
Every time you hold my waist tighter,
as if you wish to grab my body and soul,
I feel safe in the warmness of your arms,
those fingers around me,
tells me that there's a world inside you,
that won't let my emotions be crushed,
and this feeling never fades,
because I know my shine belongs to none other than you.

The outstanding observation skills you possess,
and the way you use that for gazing me day and night,
Like the way people gaze sky full of stars,
Explains me beautifully the extent of your desire for having me,
Yours eyes trying to capture every detail of my face and body,
Makes me believe in my uniqueness in this world of yours,
And this feeling never fades,
Because I know my shine belongs to none other than you.

Not to forget the ornament you carry everywhere you go,
Yes, that's your smile, you know,
That dimple smile of yours while you look at me,
Symbolises your inner beauty,
And the world of calmness and peace you have inside,
And those cheeks so buttery and hairy, shines bright,
Every time I see you looking at me with those doodling wide eyes,
Makes me realise how special I am to you,
And this feeling never fades,
Because I know my shine belongs to none other than you.

Composition

Cry till you heal!
Dark rainy nights,
Cloudbursts within.
Sun will be brighter my child,
Used to tell herself every day,
Hopes! Hopes!
Endless ones!
Screwed by people around,
Yes, heartless ones.
Carved with love, this pottery was made
Unique and different by the ultimate creator, divine.
Like the jingles sung in a festive season,
Her screams would line up with unexplainable reasons.
Childhood full of broken faiths and promises,
Unaware of all the family and life policies.
Begged each day to be served,
Food? Clothes? Miscellaneous?
No. Only love.
The young daughter,
all that the little heart wanted was love.

Rest all were given in plenty,
Yes, the things she mentioned above.
'Super man ', yes young dolls call their fathers,

Super heroes replaced by villains,
Horror and terror all in one place.
Indeed, a protected space.
Yet never filed any court case.
Jailed... wings were crushed hard,
Harder,
Hardest.
And finally, one fine day,
The flowers bloomed perfectly,
Butterfly ready to fly.
Nothing could be seen other than the
Wide spread infinite sky.
"Grandma would have been proud.
If she was here", shouted every time,
She saw those twinkling stars.
Everyone left sooner and later,
Things were meant to become greater.
From a creator to a narrator,
Ignored each of her hater.

Beautifully grown, with growth being the constant in life,
Hurdles and hurdles,
Still stayed bright and alive.
Blessed with master, felt how
she grew so faster.
She marched for Victory,
Soon she will shine making a strong history.

Meant to Be

Born in a family of believers,
Unexpectedly one day she entered.
Everyone wondered and prayed,
Though for not having her,
She was indeed not a needed one.
Hopes set high, goals fixed,
Only a male child was in the wishlist,
without any twist,
Goddess destined to get birth,
In an unlucky, unfortunate environment.
Blessed soul degraded since childhood,
Bled each time she received endless taunts,
Mistakes is what everyone flaunts.
Mercy, mercy,
Mercy my lord.
Is just the gift she demands.
Grew up, with some stoned walls in her little innocent heart,
Fears of breaking them apart.
Raised with burden feels,
Every time, it was her unbreakable hope which always healed.

God has never been cruel enough,
Soon she realised;
Fulfilled all her dreams and
earned endless shines.
Waited patiently to see,
What the future holds.
Ambitious soul,
Did it!
Did it!
As it was always
Meant to be.

Gold Cage

And another bright sunny day,
she felt choked yet all again,
finding herself in a golden four walled cage,
Merciless parents with mask on face.
torn the little bird apart,
Poor victim!
Damaged soul, broken dreams,
voiceless screams full of silence, teary fears,
Couldn't speak,
Couldn't act,
Couldn't react,
Left to wonder what happened to the
free rooted tree, with enormous branches,
Each one with a pathless direction.
All drunk in anger, left all alone for cribbage.
She was a bird with wings jailed in a cage,
Lost in a land of murderers.

A Journey

In those busy streets,
Crowded and messy ones,
Moving all alone,
never made her feel lonely.
Walking, watching,
Faster and faster....
Like the race with a rabbit,
She was the tortoise, slow and steady,
Gentle steps. Yet a winner.
Her eyes captured each take off,
As the flight got ready,
Heart filled with aspirations,
Desires wanted to fly along.
Wondered every time,
she had to wait for how long.
Passport being the most valuable unused treasure to her,
Indeed, much more important than those gold articles, mother owns.
With a pretty gesture of hand,
She used to observe how the plane rises at an angle

And diminishes into infinity.
Away from her vicinity.
Childhood dreams, childhood ambitions,
It was one of those unaccomplished missions.
From one country to other,
From this city to another,
Scrawling here and there.
This was what she loved and wanted,
Stayed for long nowhere,
Felt loved everywhere,
Yes, For this little and
quite an immature traveller,
Her journey was meant to be very
simple and fair.

Left Forever

Soon she realised it would be a tough day,
Because it was going to be the final day today.
Thinking things might work out between them was all in vain,
Her heart was again in so much pain.
Left with a broken self,
She knew all she needed was some help.
Recalling all those moments she spent,
Only option left for her was to be in just present,
This was a phase she had never ever dreamt.
Leaving behind all the unwanted memories,
She's now left with no treasuries.
Dressed up in endless tears,
Now, no more any fears.
Every day she 'll get stronger she promised herself,
As she always believed in the idea of loving oneself.
She'll get more love this time,
From her own self to make her heart perfectly fine.

Sister

Thought to address that someone special today,
Who was there in all my struggles every day,
From being a full-time lecturer to a full-time listener,
Motivated me to move faster,
She is none other than my sister.
From hangouts to taking me for doctor's appointments,
Never made me a part of her heart's disappointments.
Someone who has always served me more than needed,
In family responsibilities' she has always leaded.
From being a late-night party partner to an all-time roomie,
Our life story is just similar to a movie.
From endless strength to my support system,
She's full of love and wisdom.
Lots of blessings and love is what I wish to give her,
I'll always remember those
moments in which endlessly happy we were.

A Message

Someday when you search for yourself in the dark nights,
and you feel lost,
Look by your side,
I'll be there sitting to make you feel my presence.
Someday when you feel you have lost all the hopes in life,
and you feel broken,
Look in my eyes,
I'll be there next to you to show you the world from my vision.
Someday when you feel a little lonely,
and afraid to express your fears of losing me,
Look back,
I'll be there to hug you tight, and ensure you that I'm never going to leave.
All this because, I still remember how well you loved me,
when all this was felt by me.
I love you.

Unwanted

And then one day everything changed for her,
On realising that she no more acted as free, flexible, carefree as a child,
Her actions weren't symbolic of her immature seriousness for life,
were enough for a simple yet complicated realisation,
She grew up.

No more stars shined the way they used to,
fading twinkling of stars and the brightness of freedom in her eyes,
were enough for a simple yet complicated realisation,
She grew up.

Those waterfalls, trees, mountains
all started becoming merely a view to the little young soul,
not that excited.
Yes! The same little heart,
No more those goose bumps she felt seeing the falling water,
enough for a simple yet complicated realisation,
She grew up.

Laughing mad, smiling without hesitation,
shouting without humiliation, fun without limits,
turned into foolishness, sophistication, mannered laughs, low
volume talks, and no gazing allowed, living with rules,
enough for a simple yet complicated realisation,
She grew up.

Earning and saving money became part and parcel of life,
much important than spending money on her favourite stuffs.
enough for a simple yet complicated realisation,
She grew up.

Loosing friends became a trend than finding and keeping
friendships,
Poor girl started living in her own world,
world full of maturity and boundaries,
enough for a simple yet complicated realisation,
She grew up.

Unconditional

Seeing him fall that day,
Everyone wondered how will he ever stay,
Without a mother they used to say,
Accepting her gone forever was only the way,
Gone was the person who loved him the most,
Being so young he hardly knew what he lost,
Watching him cry left everyone with a sigh,
But nobody knew his wings were meant to fly.
Without a mother, he started growing,
The seeds soon started sowing.
Journey full of dreams made him reach the top,
Yes, in this struggle, he suffered a lot.
From being a motherless child,
He is now head to bottom styled.
On entering the stage,
Young 'singing superstar 'was the
reason why everyone smiled.
On completion of singing his first ever hit song,
'Maaa'...! louder he screamed,
Because it was all that was his mother's dream.

A Publisher Meet

She wonders how she got to meet someone today,
Was Waiting for so long for this day.

Although he was none other than a humanly figure,
Wonderfully made her mind and heart trigger.

Seeing him she got hopeful of so many opportunities,
He made the new writer remember all her responsibilities.

Excited she felt on receiving appreciation,
It was one of the never received best invitation.

All her writeup stock got richer,
On meeting her first ever publisher.

Grandma

For the one who taught me how to live,
Who just lived life to give.
For the one who made my life heaven,
and when I got late counted till eleven.
She got up early every day,
To make me what I am today.
Her hard work reflects in all my success stories,
Without her,
I could never have imagined my glories.
She was the star shining bright,
In all the darkness she showed me light.
She was like the sky, so unreachable.
yet always, so teachable.
She was like the roots of the trees so strong,
Corrected me whenever I was wrong.
She was my dearest,
To her heart I was the nearest.
I miss her much more than I can ever explain,
But it's her, who always told me
that life is a game.

In her eyes I could always feel so much love,
She was as beautiful as a dove.
In my heart,
nobody can ever replace her space,
she left the world with her everlasting grace.

College Jersey

Since the day I have got you,
Never even in a dream have I ever lost you.
You owe me all the hard work ever since now,
You gave me all the answers when I asked how.
My love for you extends to infinity,
Further what I get is all my destiny.
Wearing you gives me enormous joy,
You are valuable to me more than a child's toy.
I feel so blessed I have you,
I don't have words to thank you.
People call you lifeless,
For me you are no less than liveliness.
Considering you my best friend
ever since I met you,
No one can have a better friend; I can bet you.
Let me tell you a secret because I trust you,
And that is,
I'll always cherish you.

Fairy Tales

In those dark nights,
God turned on so many lights.
My eyes twisted to see,
All the butterflies flee.
In a wonderland she lived,
A king she kissed,
Such a story not to be missed.
In between thousands of roses,
When clicked gave so many poses.
Beautiful as a peacock.
Nobody could open the lock,
To her heart it was,
With a big nose.
King was so tall,
Grabbed her in arms building a wall.
Tears rolled down her eyes,
Ran after all the flies.
Caught all the shooting stars,
Yes, it was just the start.
She smiled seeing him,

As great as his regime.
She laughed with him as much as she could,
Without him she never thought she would.
Love was what it was called,
Except love everything can be sold.
Mesmerised by her beauty,
Taking care of her was his duty.
Love increased every second,
Everything got blessed when they came in.

Gratitude

Between those shining stars,
Universe glittering with all those
planets including sun and mars.
Kept aside all the sorrows,
Filled those eyes with endless tears,
This time no worries about tomorrows,
All empty and dusted,
A free heart, no more disgusted.
Smiles. OH! So pure and vibrant,
Vacant, full of endless excitement.
Came out with extraordinary faces,
One couldn't find any sad traces.
Jumped, rolled and twisted hard,
This life granted to them was starred.
Full of love and gratitude,
Every pain got out now to conclude.

Warmth of love

Because the days

I am not able to love myself enough,

I ll be needing you to stand there still,

unshakable , stronger,

And make me feel loved in your arms,

In your lap giving me warmth of your presence,

Ensuring me that the world will always be the safest place

when I am in your enclosure,

In this safest zone ever,

my soul might shout out to tell you,

That my body couldn't say,

I love you.

Note to self

No matter how hard it gets,
No matter how tough
and unbearable it gets,
Survive....
Realise and recognise,
Every time you bleed,
It'll make you stronger.
Bleed more, equals to more strength.
Yes,
My warrior,
It is meant to make you one.
Just trust the process,
Have faith,
Bleed till it no longer pains.

You can contact the Publisher at:
www.fanatixx.in

www.ingramcontent.com/pod-product-compliance
Lightning Source LLC
LaVergne TN
LVHW060418051026
849518LV00007B/2595
* 9 7 8 8 1 9 4 4 6 7 6 0 1 *